2022. 가을

이가은 드림

따뜻한 중심

한국의 단시조 036

따뜻한 중심

이가은 시집

책만드는집

| 시인의 말 |

필 때가 아름다운 꽃들과
질 때가 더 고운 잎들이
순하게 어우러진
내 꿈의 초록 방엔
늘 그리움이란 따뜻한 이름으로
감성의 씨알들이 깨어나고 있다
시시때때로, 톡 톡

2022년 가을
이가은

| 차례 |

2부 볶은 콩에 싹이 나면

3부 병상에 뜨는 달

4부 한 접시 정물화처럼

5부 청보리 익을 무렵

1부

미선꽃 피는 마을

따뜻한 중심

살포시
눈 감으면
머나먼 그리움이

강렬한 떨림으로
깊숙이 파고드네

세상의
따뜻한 중심
아름답게 채우듯

그림엽서

바람에
안긴 수련
부들 곁에 향기롭다

갈맷빛 잎새 사이
직립의 원통기둥

꽃 밤을 지새우고도
덧쌓아 둘
저 온기

유홍초

아득히
멀리 있어
더 곁에 가고팠지

마당 깊은 뒤켠길
별 총총 하늘 보며

은근히
닮고 싶었어
속내 붉게
사루며*

* '사랑하며'의 전남 방언.

그냥, 거기

더 이상
오면 안 돼
그냥 거기 서 있어

가깝지도 멀지도 않은
적당한 거리에서

노을이 아름다운 이유
헤아리면
되잖아

폭포

속으로 삼킨 울음
무지개로 꽃 피우는

장엄한 저 투신을
화폭에 담는 이여

얼마큼 더 설레어야
저 풍경에 담길까

미선꽃 피는 마을

손깍지 슬몃 잡고
꿈길에서
반기던

달 아래 눈매 깊어
담았던
외눈부처

미선꽃 놀라 터지는
그 뜨락에
가 닿은

칠석

일 년에 딱 한 번만
그곳에서 만나요

은하 깊은 오작교 촉촉이 젖은 인연

그토록 처연한 사랑
온 세상이 다 아는

자작나무 숲에서

그 숲에 들 때마다
반가운
산메아리

빼곡한 생각들을
하얗게 키워가며

든든한
인연과 함께
손깍지로 걷는다

몽돌

애당초 삐뚜름히 모난 건 아니었어

정으로 못 다스릴 통점의 기억마저

한없이 쓰다듬어 준 푸른 파도 그 사랑

^)^*

행복한
비밀처럼
은밀한 특별 부호

머나먼
그리움도
따뜻한
외로움도

웃으며
함께하고픈
설레는 내 아바타

간격

오랠수록 맛과 향이
깊어지는 포도주처럼

다름을 존중하고
같음을 감사하며

서서히
농익어 가는
따뜻하고
둥근 거리

온달 같은

대숲 뒤
숨어 웃는
그 모습 너무 환해

찻잔에 띄워놓고
아끼듯 음미하네

혼자선 이룰 수 없는
아름다운 속사랑

카페에서

설레임
한 스푼에
그리움은
두 스푼

향 가득
커피잔에
미소로
다붓 저어

함께할
따뜻한 이름
기다리는
이 행복

아름다운 비밀

꽃노을 어쩌다가
든든한 아낌, 고여

아순雅馴하게 이어지는
멍울 없는 진국으로

흐뭇이
이해利害를 넘어
온새미로 지킬까

첫눈

아득한 그리움에
펄펄 날고 싶었어

우연을 공들이다
필연을 꿈꾸면서

그대 창
청솔가지에
다소곳이 앉을래

인연의 향기

시공을 초월하여 날아든 고운 시화詩畵

갤러리에 옮겨두고 수시로 감상하네

소중한
인연의 향기
붉게 타는
저녁놀

2부

볶은 콩에 싹이 나면

꽃노을

낙엽 비 내리는 길 시심으로 보폭 맞춰

두터운 믿음 위에 찬연히 물든 노을

꿈꾸는

영혼의 떨림

봄꽃보다 더 고운

아름다운 용서

부당한 승리는 정당한 패배보다

치졸한 고압수단高壓手段 올리꿰어 짊기에

만인의
따뜻한 사랑
용서인 줄 압니다

관음송

서강에 둘러싸인
청령포 유배지에

소나무 줄기 타고 키우던 외로움을

처연히 다 보고 들은
가슴 아린 노거수

볶은 콩에 싹이 나면

한 걸음 물러나서 에두른 아홉 걸음

볶은 콩에 싹이 나면 그때사 헤아릴까

아낌도
지킴도 모두
사랑인 걸 안다면

소통

열리지 않는 문이라면
그건 바로
벽인 게야

너와 내가 서로 다른
감성과
이성 차이

적당히
아우르는 지혜
그게 바로 소통이지

몰라도
–기도

손 모은
오랜 날들
하늘에 닿기만을

콩깍지 쓰인 듯이
하얗게 지킨 저 달

몰라도 괜찮습니다
부디 건강
하소서

허기

번번이
허한 마음
식탐으로 채우나 봐

밥이랑 과일이랑
다과까지 챙겼는데

먹어도
먹어도 고픈
네 그리움 우야꼬

한 화폭에

산 나무
죽은 나무
한 화폭에 담은 뜻은

살아도 죽은 듯이
고매한 이름으로

그렇게
현실 속에서
정신세계
꿈꾸랴?

죽비

그림자도
밟지 않는
스승님 등 뒤에서

신혼의
남루 자락
차마 뵙기 민망하여

샛길로
숨은, 눈물비
반세기를 칩니다

망설이다

바람을 등에 지고 비탈길 치달린다 가파른 낭떠러지 돌아보니 아찔하네 청솔에 걸린 옷자락 떨치지도 잡지도

사리암에서

호거산 낭벼랑을 단숨에 오를 때는

기도로 다 못 채울 독성각 나반존자

진종일 무릎 저리도록
삼천배로 염念하다

모이를 주며

베란다
조롱鳥籠 속에
모이를 넣어주며

울지 않고
먹지 않는
야윈 눈매 알 것 같다

접어둔
두 날개 훨훨
날고 싶지 창공을

복세편살*

도의적인 책임도
윤리적인 체면도

따따부따 접어두고
마음이 가는 대로

이제는 복잡한 세상
편안하게 살고파

* '복잡한 세상 편하게 살자'를 줄여 이르는 말.

묻을래

은행잎이 갈바람에 동전처럼 쌓이는 밤

부를수록 아픈 이름, 별이 되어 반짝이고

숨겨진 세상 이야기 내 안 깊이 묻을래

연꽃

-M 스님께

사계절 지지 않는 연꽃이 피는 마을

비구니 스님들의
울력도 수행 정진

진흙 벌 캄캄한 세속 꽃등으로 밝히는

품다, 낙엽

순간이
아름다운
허공 속
꿈길 타고

나부죽
산지사방
소슬하게
내려도

기꺼이
뿌리 덮는 널
땅은 아껴
품으리

3부

병상에 뜨는 달

병상에 뜨는 달

누워서 보는 하늘

아득히 멀고 먼데

점점이 반짝이며 꿈꾸는 초록 별들

그 속에 환한 상현달

곧 둥글어지겠지

이상 징후

언제나 그랬듯이 알찬 하루 너끈히

운동 겸한 저녁 산책
어라 좀 이상하네

갑자기 곱송그리며 휘청걸음 진땀도

응급실

서두른 귀갓길이
이상히 울렁인다
체기가 있는 걸까
수지침 자가自家 조치
더 이상
감당치 못해
화급하게 실려 간

수술실

주체 못 할 오심 구토 오한까지 가세한

천장이 빙빙 돌고 괴성으로 나부대다

차라리 놓고 싶었던 그 고통을 잠재운

중환자실

대장 종양 제거하고 회복실 건너뛰어
이, 저승 오르내린 일사불란 집중 치료
간간이 눈뜨는 순간 하늘나라 꿈꾸던

역지사지

내 만약 간호사나 조무사가 된다면

환자를 내 몸같이
돌봐줄 수 있을까?

수없이 되짚어 봐도 아무나 못 할 천사들

통합병동 일기

주렁 매단 링거주사
꼼짝 못 할 족쇄 되어

감당하기 버거워도
간호 간병 함께 받는

참 좋은 의료 시스템
내 집같이 편안해

덩달아

한 곳이 무너지면 여기저기 덩달아

기다렸다는 듯이 다투어 고개 드네

하늘이 가까워지나
안 뵈던 거 다 보이고

깨닫다

물 한 컵 벌컥벌컥
마실 수 있는 그 자유를

여태껏 모르고 산
우매한 늦은 자성自省

많은 걸 잃은 후에야
알게 되네 비로소

후유증

다리에 은침 꽂자 개구리 놀라 뻗듯

오금이며 허리까지 외마디 비명으로

천만근 버거운 일상
진통제로 벗하네

서예

붓 놓은 지 벌써 두 해
초심으로
돌아가서

진통의 시간 눌러
힘주어
먹을 가네

떨림도 쓴웃음으로
공들이는
내 사랑

화상 세배

올 설은 뜻깊었다 먼 데 자손 화상 세배

코로나 네 아무리 설치고 깝죽대도

가족의 끈끈한 정을 막을 수는 없느니

사전연명의료의향서

벼르고 미적댄 일 이참에 선뜻 했다

지극한 효심으로 푸근히 누려온 삶

편안히
기억되고 싶다
아름다운 뒷모습

하모니카

뒤늦게 배운 도둑 날 새는 줄 몰랐지 가끔은 서툰 봉사 신나고 즐거웠어 코로나 답답한 일상 집콕에서 달랜다

위리안치

오랜 날
투병으로
모든 활동 멈춰지고

코로나19 여파로
4단계 거리 두기

엎친 데
덮친 격으로
위리안치 따로 없네

덤

하늘에 명 맡기고
의사에게 병 맡기고

마음은 스스로가
순리대로 다스리며

남은 날 물 흐르듯이
유유자적悠悠自適 살리라

4부

한 접시 정물화처럼

고란초

비 갠 날 저녁나절 움 돋듯 여린 풀잎

부소산 기슭 아래 향기로운 이름으로

고란사 돌 틈에 내려 속삭이네 약수와

산수유 꽃길에서

산수유
고운 꽃길
생각 깊이 걷습니다

촌철살인 정형으로 먼 안부 묻습니다

꽃향기
화답이 되어
앙가슴에 젖습니다

그림 전시회

용감히 투신하는
폭포 곁 대숲 속을

물보라 일으키는 황홀한 그 비경에

떨면서 휘어진 허리
눈을 감고 기대네

한 접시 정물화처럼

감성이 앞서가자
이성이 주춤하네

순수로 채워지는
그윽한 비움으로

한 접시 정물화처럼
기대앉아 든 단물

목련 피는 밤

백목련 자목련이
등불처럼 켜져 있어

쉬 잠들지 못하고
뜰에 홀로 서성이네

그믐달
이울 때까지
화답할 이 찾으며

빠지다, 강

그 언제부터일까 경계 없는 마음의 강

물안개 여울 좇아
어깨 겯고 흐르는 강

든든한 소울메이트
고요 깊어
빠진
강

메꽃

한결같이 흐르는
강심江心을 바라보며

생각 깊은 뚝방길 고즈넉이 거닙니다

명아주 감아 오르는
여린 메꽃맹키로

한 송이 장미꽃을

수줍게
받아 들면
환희로 물올라요

높푸른 가을 하늘
속 깊이 우러르며

어쩌면 첫눈 오는 날
마중 갈 거 같아요

몰라 해

세미원 호숫가를
손깍지로 거닐다가

저만치 가시연꽃
저물도록 보고 지고

노을이
황홀한 이유
정말이지 몰라 해

날개

싱그런
오월 아침
바람도 숨 고르고

먼 하늘
가까워져
구름 낮게 드리워도

지는 꽃
나비 날개로
품어주네
오롯이

노을 든 벤치에서

긴 그림자 끌고 가다 흔쾌히 앉은 벤치

맞댄 어깨 두른 노을
은혜로운
축복이여

말꼭지 찾지 못해도
온 누리가 수화네

산안개구름

산허리 안개 피어
첫새벽
몸을 풀면

아늑한 골을 따라
낮달이
둥지 틀고

접어둔 빠듯한 노을
휘어 넘는
구름발

입추

아침엔 산들바람 절기 참 오묘하다
된더위 열대야에 주야로 꼭지 돌던
월복한 찜통 말복에 우화등선 꿈꿀까

비워가는 계절에

은발의 억새 어깨 소슬히 흔들리면

높아진 하늘 외려, 가까이 느껴지고

채웠던 모든 바람所望을 홀로 가만 비운다

사추기

용숫바람 구름 속을 리프트로 밀어 올린

장밋빛 황홀경은 신비롭고 야릇해

다저녁
넘치도록 채워준
연화향낭 노리개

숫눈길에서

눈 위에
나비 걸음
나란히 찍습니다

무연한
속내 곁을
홀연히 돌라맞춘

주머니
따뜻한 손길
용납해 드립니다

5부

청보리 익을 무

홍시

말랑한 홍시 한 개 매일 밤 돌담 위에

까치밥 될 때까지 몰래 두고 가던 그 애

아직도 따뜻한 추억
돌아보며 웃을까

섶다리

모처럼 취한 풍광 마음 먼저 건너려다

물에도 뿌리 내려 출렁이며 마주한

수심을
알지 못한 채
풍덩 빠진
그림자

씹다, 땡감

뒤란 곁 채마밭에
고목이 된 감나무를

하루에도
몇 차례나
날며 들며 바라보다

삶이란
시 떫은 땡감
씹을수록
단맛이

머위

쌉싸름
입맛 돌아
할머님 좋아하신

밭 둔덕
산자락 밑
지천으로 널려 있던

무공해
그리운 그 맛
재래시장 헤매네

늪에서

질펀한 사계절에 그리움 숨겨놓고

초썰물 쓸려 간 뒤
찍혀진
의문부호

방생의 빗장을 열어
가슴으로 품는다

청보리 익을 무렵

청보리 사잇길을
무작정 내달리던

눈이 크던 그 아이
반세기 돌아 나와

그리운 보리누름에
추억으로 익는다

오메가3

날마다
건강기능식품
소중히 챙기면서

보낸 이의 정성과
따뜻한 그 아낌도

내 안에
깊이 헤아려
새겨 잊지 않으리

덩굴장미

로즈데이
한참 지난
오월의 끝자락에

덩굴째 울타리를
겹겹이 휘어 넘네

사랑과 열정이라는
아름다운
꽃말 품고

포도원에서

한 알씩
애달아서
한 움큼 오독 깨문

고 작은
알갱이들
달곰삼삼 델라웨어*

반백 년
추억 갈피에
갈래머리 친구들

* 포도의 한 품종.

지시랑물*

한때는
처마 밑에
나란히 붙어 서서

고여 받은 오목 손
시침 떼며 뿌려댔지

단단히 덮어둔 유년
일각문이
지키네

* '낙숫물'의 경북, 강원 방언.

시래기나물

화려하고 맛깔진
각종 나물 한켠에서

수수히 어울리는
깊은 맛에 정이 간다

고향이 생각날 때면
엄니같이 그리운

낙엽으로 내릴지라도

허공을 헤매 도는
옹이 진 그리움도

그댄가 그때인가
착각의 와사등에

뛰어들
부나비처럼
환희롭게 날은다

세젤예*

"맛난 거 필요한 거 말씀만 하시와용"

주말이면 어김없이 손주들 문자, 카톡

너희들
재롱에 웃고 산다
세상에서 젤 예쁜

* '세상에서 제일 예쁘다'를 줄여 이르는 말.

하지감자

맛 좋기로
소문난
고향의 하지감자

갓 캐낸
상자 그득
흙 묻은 채 당도한

알알이
속 깊은 우애
그렁 맺혀 엄전타

새들도

맘대로
날 수 있고
어디든 갈 수 있는

이 나무 저 가지에 목청껏 가다듬은

새들도
하고 있을까
플라토닉 러브를

송정루松亭樓에서

솔 그늘 묵언 사이 먼 하늘 이고 사는

학처럼 사슴처럼 고고한 누마루에

골 깊은 낮은 물소리 메아리로 품는다

| 해설 |

따뜻하게 찾아오는,
감각과 사유의 첨예한 순간성

유성호 문학평론가 · 한양대학교 국문과 교수

1. 정형 미학의 한 범례로서의 단시조

이가은 시인의 단시조집 『따뜻한 중심』은 언어의 절제와 사유의 응축 과정이 감각적으로 결속하여 이루어낸 단아한 미학적 축도縮圖로 다가온다. 시인은 단정한 형식과 형상을 통해 가장 함축적인 원리를 구현하는 단시조 양식을 택하여, 말 그대로 '짧은 노래'라는 예술적 속성을 한껏 구현하고 있다. 그만큼 그에게 단시조는 율독을 통해 정형성을 첨예하게 느낄 수 있는 전형적 사례로서, 우리는 그 안에서 '정형의 꽃'으로서의 언어 경제학을 느끼게 되고 반복적 향수를 통해 간단없는 항구적 기억을 촉진해 갈 수 있을 것으로 보인다. 이러한 단시조의 미학적 특성은 일본의 대표 정형시인 '하이쿠俳句'와 비견해도 좋을 것이다.

두루 알다시피 하이쿠는 자연과 계절의 이미지를 노래하는 한 줄짜리 짧은 양식이다. 하이쿠를 대표하는 시인 마쓰오 바쇼松尾芭蕉는 언제나 "먼저 모습을 보이고 마음은 뒤로 감추어라"라고 강조했다고 하는데, 그것은 선명한 이미지만 남기고 시인 자신의 해석은 유보하거나 배제하라는 미학적 전략을 내포하는 것이다. 이러한 '보임'과 '숨김' 사이의 긴장을 통해 하이쿠는 자신만의 존재 방식을 찾아간 것이다. 이에 비해 우리 단시조는 꽉 짜인 율격을 지켜가면서도 그 안에 시인의 내면을 동시에 온축함으로써 기억할 만한 인생 해석의 한 차원을 보여준다는 특성을 견지한다. 이러한 미학적 속성을 최대한 이루어내면서 이가은의 단시조집은 우리 정형 미학의 한 범례를 보여주고 있다 할 것이다.

2. 제일의적 수원水源으로서의 따뜻한 마음

말할 것도 없이, 우리가 단시조를 통해 기대하는 것은 삶의 이치를 직관하고 해석하는 순간적 상상력과 연관된다. 물론 단시조 안에 소소한 인생 세목이 전부 담기는 것은 거의 불가능한 일이다. 하지만 단시조는, 비록 작은 그릇임에도 불구하고, 삶의 이치를 직관적으로 포착함으로써 새로운 감각으로 나아가는 역설의 토양이 충분히 되어준다. 그래서 우리는 단시조가 수행하는 인생 해석이 구체적 세목을 생략하거나 은폐하면서 이루어진다는 점을 긍정하면서도, 그것이 기본적으로 직관과 수행 과정을 통해 시인 자신의 오랜 사유와 갈망을 담은 언어적 세계임을 강조할 수 있다. '짧은 노래'처럼 심미적이고 응축적인 형식 속에 가장 정제된 마음의 현상학을 단시조가 담아내고 있기 때문이다. 따라서 우리는 언어 과잉의 시대를 뛰어넘는 대안적 양식으로 단시조를 읽을 수 있을 것이다. 그 점에서 단시조는 언어예술의 한 존재론적 원형이자 역설적 미래인 셈이다. 이제 우리가 읽게 될 이가은의 단시조를 감싸고 있는 우선적 배경은 시인 특유의 '따뜻한' 마음으로 나타나고 있다.

살포시
눈 감으면
머나먼 그리움이

강렬한 떨림으로
깊숙이 파고드네

세상의
따뜻한 중심
아름답게 채우듯
—「따뜻한 중심」 전문

바람에
안긴 수련
부들 곁에 향기롭다

갈맷빛 잎새 사이
직립의 원통기둥

꽃 밤을 지새우고도

덧쌓아 둘

저 온기

–「그림엽서」 전문

시조집 표제작이기도 한 위의 작품은 "머나먼 그리움"이 "강렬한 떨림"으로 몸을 바꾸면서 시인의 존재론을 감싸는 순간을 토로한다. 눈을 감으면 떠오르는 '그리움 = 떨림'은 "세상의/ 따뜻한 중심"을 아름답게 채워가는 듯이 시인의 내면을 깊이 파고든다. 따뜻하게 침전되어 있는 그리움의 힘이 세상의 중심임을 노래한 작품이다. 그런가 하면 그 따뜻함은 '그림엽서'의 온기로 번져가기도 하는데, 가령 그 안에 담긴 향기로운 수련과 부들의 외관과 갈맷빛 잎새 사이 "직립의 원통기둥"은 "꽃 밤을 지새우고도/ 덧쌓아 둘/ 저 온기"를 보여주는 미적 표상이 아니겠는가. 이처럼 이가은 시인의 '따뜻한 중심'에는 "서서히/ 농익어 가는/ 따뜻하고/ 둥근 거리"(「간격」)나 "함께할/ 따뜻한 이름/ 기다리는/ 이 행복"(「카페에서」)이 아른아른 담겨 있다. 모두 따스한 온기를 가득 품은 그림엽서 같은, 작고 아름다운 상관물이 아닐 수 없을 것이다.

눈 위에

나비 걸음

나란히 찍습니다

무연한

속내 곁을

홀연히 돌라맞춘

주머니

따뜻한 손길

용납해 드립니다

–「숫눈길에서」 전문

부당한 승리는 정당한 패배보다

치졸한 고압수단高壓手段 올리꿰어 짚기에

만인의

따뜻한 사랑

용서인 줄 압니다

–「아름다운 용서」 전문

눈 내린 뒤 아무도 가지 않은 숫눈길에도 "따뜻한 손길"은 계속 이어진다. 눈 위에 비로소 찍힌 나란한 "나비 걸음"은 "무연한/ 속내 곁을" 돌아 주머니 속에 넣은 "따뜻한 손길"을 받아들이는 과정으로 나아간다. 또한 시인은 "만인의/ 따뜻한 사랑"이야말로 가장 "아름다운 용서"라는 잠언箴言을 통해 지속적으로 따뜻한 마음과 사랑이 자신이 시조를 구성하는 '중심'임을 노래해 간다. 이러한 따뜻함 지향의 단시조에는 "보낸 이의 정성과/ 따뜻한 그 아낌도"(「오메가3」) 소중히 여기는 마음이나 "아직도 따뜻한 추억/ 돌아보며 웃을"(「홍시」) 순간에 대한 경이로운 수납의 미학이 담겨 있다 할 것이다.

결국 이가은의 이번 단시조집은 시인 스스로 겪은 내밀한 경험적 고백을 통해 가장 따뜻하고 아름다운 내면의 흐름을 보여주는 화폭으로 남을 것이다. 이때 이가은의 단시조 작품은 삶의 보편적 이법理法을 노래하는 동시에, 경험적 실감을 높이는 사례로 줄곧 나타난다. 우리는 시인이 들려주는 친밀한 언어를 통해 가장 아름답게 복원된 그만의 기억을 만나게 된다. 그 과정을 통해 우리는 사물과 현상을 선명하게 만나게 되고, 언어를 통하지 않고는 어떤 기억도 가질 수 없다는 사실에 상도想到하게 된다. 그렇게 이가은의 단시조는 사물의 질서를 자신의 언어로 구성하면서, 사물의 본원적인 따뜻함에 가닿으려는 명민하고도 예리한 의식을 중심에 배치해 간다. 따뜻한 마음이야말로 이가은 시조의 제일의적 수원水源이자 중심인 셈이다.

3. 자연의 화음和音을 그려내는 '역동의 고요'

서정시의 역사 가운데 자연 형상의 흐름은 퍽 낯익은 소재로 늘 등극해 왔다. 자연 형상을 통해 삶의 이치를 탐구하고 다짐하는 것은 서정시의 작법에서 매우 보편적인 방식이었기 때문이다. 그리고 그 가운데 어느 것도 자연의 근원적 속성을 배제한 사례는 찾아보기 어려울 것이다. 그동안 한 시인이 자연 경험을 집중적으로 형상화한다는 것은 인간과 자연 사이의 근원적 관계론을 암시하는 방향을 취해왔다고 할 수 있을 것인데, 이가은 시인에게도 자연이란 넓게는 인간을 포함한 우주의 원리나 본성을 포괄하기도 하고 좁게는 인공적이고 도시적인 것과 대립되는 실체를 지칭하기도 할 것이다. 그 안에는 산이나 강물 같은 사물은 물론 그것의 생성과 변화에 개입하는 근원적 힘이 두루 포함되어 있다. 이때 인간은 자연의 일부이자 자연과 대립되는 존재라는 이중성을 띠게 된다. 이가은 시조의 가장 중요한 대상이자 탐구 과제인 자연 반영의 작품들을 읽어보자.

속으로 삼킨 울음
무지개로 꽃 피우는

장엄한 저 투신을
화폭에 담는 이여

얼마큼 더 설레어야
저 풍경에 담길까
–「폭포」 전문

애당초 삐뚜름히 모난 건 아니었어

정으로 못 다스릴 통점의 기억마저

한없이 쓰다듬어 준 푸른 파도 그 사랑
–「몽돌」 전문

지상으로 제 무게를 내리꽂는 '폭포'를 두고 시인은 "장엄한 저 투신"으로 묘사한다. 무지개 꽃을 피우면서 "속으로 삼킨 울음"으로 떨어지는 순간을 화폭에 담는 이는 곧 시인 자신을 함의하는 것일 터이다. 더 큰 설렘으로 그 풍경에 가닿을 시인의 예지와 감각이 울음처럼, 투신처럼, 예술적 떨림으로 다가온다. 그런가 하면 시인은 모나지 않고 둥근 '몽돌'을 두고는 "정으로 못 다스릴 통점의 기억"을 한없이 쓰다듬은 "푸른 파도"의 사랑이 그러한 둥긂을 가능하게 했다고 노래한다. 통점을 어루만진 사랑의 파도야말로 상처를 보듬고 치유해 온 시인 자신의 등가적 표상일 것이다. 그렇게 시인에게 자연 형상은 '울음'과 '통점'의 기억을 위무하고 치유해 준 가장 근원적인 감각의 거소居所로 거듭난다. "떨림도 쓴웃음으로/ 공들이는/ 내 사랑"(「서예」)이나 "그토록 처연한 사랑"(「칠석」)으로 현현했던 시인의 마음이 모두 그러한 마음의 식솔들이 아닐까 조심스럽게 생각해 본다.

낙엽 비 내리는 길 시심으로 보폭 맞춰

두터운 믿음 위에 찬연히 물든 노을

꿈꾸는

영혼의 떨림

봄꽃보다 더 고운

—「꽃노을」 전문

산허리 안개 피어
첫새벽
몸을 풀면

아늑한 골을 따라
낮달이

둥지 틀고

접어둔 빠듯한 노을
휘어 넘는
구름발
–「산안개구름」 전문

이번에는 '노을'과 '구름'이 나온다. 낙엽 비 내리는 어느 날 "시심"과 "두터운 믿음"으로 피어난 노을은 "꿈꾸는// 영혼의 떨림"으로 남아 봄꽃보다 더 고운 '꽃노을'이 되었다. 또한 산허리에 안개가 피어난 첫새벽에 노을을 휘어 넘는 '산안개구름'은 가장 아름다운 '구름발'이 되어 그 역시 '시심'의 기원起源이 되어준다. 그렇게 시인의 시선에 담긴 자연 사물이나 현상은 한결같이 "혼자선 이룰 수 없는/ 아름다운 속사랑"(「온달 같은」)을 알려주며 "순수로 채워지는/ 그윽한 비움"(「한 접시 정물화처럼」) 같은 풍경을 우리에게 건네준다. 모두 이가은 시인의 심미적 시선과 감각이 정성스럽게 채집해 낸 사물의 뒷모습들일 것이다.

이처럼 이가은 시인은 생명 있는 것들이 어울려 있는

소리들을 들으면서, 자연 속에 편재해 있는 고요를 남달리 포착한다. 사물들이 수런대는 풍경을 통해 스스로 자연의 풍경 안에 몸을 담근다. 거기서는 언어가 숨을 멈추고 풍경만이 육체를 얻어 소리를 내기 시작한다. 그 순간 시인은 '침묵의 소리sound of silence'를 듣고 있을 것이다. 이때 그가 수행해 가는 압축과 긴장의 작업은, 말할 것도 없이, 언어 자체에 대한 근원적 부정이 아니라 언어 과잉을 경계하려는 방법적 전략을 말하는 것이다. 따라서 우리는 이러한 시편들이 언어 과잉을 경계하려는 미적 선택 행위에 의해 씌는 것이라고 말할 수 있을 것이다. "자연에서 얻어진 깨달음의 성찰적 자세"(이지엽)는 이가은의 이번 단시조집에서도 자연의 화음和音을 그려내는 '역동의 고요'로 다시 한번 스스로 빛을 발하고 있는 셈이다.

4. 질고와 상처를 넘어서는 회복과 복원의 서사

또한 이가은의 단시조는 현실 속에서는 이룰 수 없는 세계를 그려가면서, 그 세계를 순리와 역리逆理의 균형 감각으로 구성해 가는 미학적 세계를 선보인다. 그리고 온몸의 직접성으로 겪은 자신의 통증과 상처에 대한 기억을 통해 그러한 균형을 찾아간다. 육신의 질고와 마음의 상처를 온몸으로 기억하면서, 시인은 그것을 해석하고 형상화해 가는 과정을 아프게 이어간다. 그리고 사물의 이면에 존재하는 순리와 역리의 파동을 세밀하게 포착한다. 자신의 몸 깊이 찾아온 아픔을 순간적 기억의 형식으로 복원해 내면서도 그것을 치유하고 넘어서는 회복과 복원의 서사를 구축해 가고 있다. 물론 시인이 그러한 작업을 수행하는 곳은 사물이 감각적 현존으로 나타나는 구체적 시공간이다. 이 모든 것이 이가은 시인만의 중용의 지혜를 다시 한번 발견할 수 있는 대목이 아닌가 한다.

누워서 보는 하늘

아득히 멀고 먼데

점점이 반짝이며 꿈꾸는 초록 별들

그 속에 환한 상현달

곧 둥글어지겠지
–「병상에 뜨는 달」 전문

물 한 컵 벌컥벌컥
마실 수 있는 그 자유를

여태껏 모르고 산
우매한 늦은 자성自省

많은 걸 잃은 후에야
알게 되네 비로소
–「깨닫다」 전문

하늘에 명 맡기고
의사에게 병 맡기고

마음은 스스로가
순리대로 다스리며

남은 날 물 흐르듯이

유유자적悠悠自適 살리라
—「덤」 전문

'병상'이라는 제목이 그가 겪었을 병증을 암시해 준다. 거기 누워 바라보는 아득히 먼 하늘에는 "초록 별들"이 있고 또 "환한 상현달"도 있다. 야윈 달이 곧 둥글어지리라는 기대는 환후患候가 나아지기를 바라는 마음과 등가를 이루고 있었을 것이다. 또한 몸이 아픈 시인은 물 한 컵 마실 수 있는 자유가 얼마나 소중한지 모르고 살아왔을 것이다. 그렇게 찾아오는 "우매한 늦은 자성"은 많은 걸 잃은 후에야 비로소 알게 되는 인생 이치와 닮았다. 비로소 깨달아가는 몸과 마음으로 "달 아래 눈매 깊어/ 담았던/ 외눈부처"(「미선꽃 피는 마을」)나 "빼곡한 생각들을/ 하얗게 키워"(「자작나무 숲에서」)간 나무들도 나란히 그의 동반자가 되어줄 것이다. 그런가 하면 가혹한 병고에 시달렸던 시인으로서는 앞으로의 삶이 '덤'일지도 모르겠다고 고백한다. 그 세월은 하늘에는 명을, 의사에게는 병을, 마음에는 순리를 맡긴 채 남은 날을 물 흐르듯이 놓아두는 "유유자적"의 형식일 것이다. 이 또한 살아가면서 덤으로 얻은 지혜가 아닐까 한다. 이 모든 것은 앞으로도

"한결같이 흐르는/ 강심江心을 바라보며"(「메꽃」) 살아가고 "높푸른 가을 하늘/ 속 깊이 우러르며"(「한 송이 장미꽃을」) 걸어갈 '시인 이가은'의 회상과 다짐을 하나로 묶어주는 근원적 치유의 힘일 것이다.

결국 이가은의 단시조는 구체적인 경험적 실감과 정서의 투명성을 간직하고 있는 잔잔한 서정의 기록으로 우리에게 다가온다. 시인은 고통받는 이의 내면의 소리와 빛이 다하는 풍경을 절절한 언어로 담아내고 있고, 구체적 삶을 살아가는 이들을 향하면서도 궁극적으로 빛나는 자기 긍정의 힘을 발휘해 간다. 또한 거기에는 연면한 시간의 원리와 그 흔적이 선명한 개별성을 가진 채 존재한다. 우리는 이러한 세계를 가능케 하는 것을 일러 시간의 깊이를 드러내는 서정의 원리라 명명할 수 있다. 가장 구체적이고 개별적인 질고와 상처를 넘어서는 회복과 복원의 서사가 그 안에서 농울치고 있는 것이다.

5. 시간의 흐름 속에 존재하는 서정의 원리

요약건대 이가은의 이번 단시조집은 장강대하 같은 시

간의 흐름 속에 존재하는 서정의 원리에 대한 격정의 노래이다. 그의 작품에는 세계내적 존재로서의 운명에 대한 확인과 성찰이 녹아들어 있고 몸속 깊이 새겨져 있을 상처의 흔적과 함께 그 상처를 다스려가는 시인의 의지가 지속적으로 틈입해 간다. 시인은 자신만의 실존적 상황을 바라보면서 그 안에서 파동치는 시간의 깊이를 드러낸다. 이때 시간이란 등가적으로 주어지는 객관적이고 물리적인 실체가 아니라 내면에서 지속되는 흐름으로 경험되는 주관적이고 심리적인 실체를 말한다. 시인은 자신만의 시간 경험을 통해 자신이 처한 실존적이고 역사적인 상황을 끊임없이 성찰해 간다. 그만큼 이가은 시인은 자신이 처한 현재형에 구체적 육체를 입히는 방식으로 경험적 시간을 형상화하고 있는 셈이다. 그 유장한 시간의 흐름을 따라가 보도록 하자.

서강에 둘러싸인
청령포 유배지에

소나무 줄기 타고 키우던 외로움을

처연히 다 보고 들은

가슴 아린 노거수

–「관음송」 전문

솔 그늘 묵언 사이 먼 하늘 이고 사는

학처럼 사슴처럼 고고한 누마루에

골 깊은 낮은 물소리 메아리로 품는다

–「송정루松亭樓에서」 전문

단종의 비사를 품고 있는 "서강에 둘러싸인/ 청령포 유배지"에서 시인은 "소나무 줄기 타고 키우던 외로움"을 바라본다. 거기 서 있는 '관음송'이 처연히 보고 들은 소리는 과연 무엇이었을까? 가슴 아린 노거수老巨樹의 형상이 어쩌면 시인 자신의 마음을 은유하고 있는지도 모른다. 그곳에는 지금도 '관음송觀音松'의 외롭고도 거대한 통증이 오랜 역사를 격隔하여 흐르고 있을 것이다. 또한 시인은 '송정루'에서 "골 깊은 낮은 물소리 메아리로 품는" 순간을 목도한다. 그 소리는 "솔 그늘 묵언 사이 먼 하늘 이고 사는" "고고한 누마루에" 울려 퍼지고 있다. 오랜 세월을 돌고 돌아 마침내 이곳에 닿은 오랜 소리들을 듣는 시인의 감각이 "아순雅馴하게 이어지는"(「아름다운 비밀」) 시간의 흔적이야말로 "아낌도/ 지킴도 모두/ 사랑인걸"(「볶은 콩에 싹이 나면」) 이토록 선연하게 알려주고 있는 것이다.

그 언제부터일까 경계 없는 마음의 강

물안개 여울 좇아
어깨 겯고 흐르는 강

든든한 소울메이트
고요 깊어
빠진
강
—「빠지다, 강」 전문

백목련 자목련이
등불처럼 켜져 있어

쉬 잠들지 못하고

뜰에 홀로 서성이네

그믐달

이울 때까지

화답할 이 찾으며

—「목련 피는 밤」 전문

시인은 오랜 세월 "경계 없는 마음의 강"에 빠져 지냈다. "물안개 여울 좇아/ 어깨 겯고 흐르는 강"이 든든한 영혼의 동반자이기도 했다. 그렇게 "고요 깊어/ 빠진/ 강"은 그 자체로 자연 사물이기도 하지만 세월의 속성과 의미를 은유하는 빼어난 형상이기도 할 것이다. "허공을 헤매도는/ 옹이 진 그리움"(「낙엽으로 내릴지라도」)도 "수수히 어울리는/ 깊은 맛"(「시래기나물」)도 모두 그러한 세월이 우려낸 감각적 몫일 것이다. 또한 이가은 시인은 목련이 등불처럼 피어난 밤에 잠들지 못하고 홀로 서성이는 자신을 두고 "그믐달/ 이울 때까지/ 화답할 이 찾으며" 살아가는 존재로 명명한다. 이 또한 세월의 흐름이 곧 자신의 존재 방식을 이루고 있다는 고백의 한 양상일 것이다. 그 기다림 안에는 "부를수록 아픈 이름, 별이 되어 반짝"(「묻을래」)이던 시간과 "그리운 보리누름에/ 추억으로"(「청보리 익을 무렵」) 녹아 있는 시간이 함께 흐르고 있을 것이다.

이렇게 이가은의 시조는 시간에 대한 사후적 경험 형식으로 착상되고 발화된다. 아직 오지 않은 시간을 예고하거나 시간 자체를 넘어서는 경우라도, 그것은 시간에 대한 시인 자신의 고유한 가치 판단으로 이어져 간다. 그렇게 그의 시조는 시간에 대한 기억의 구성이라는 특성을 지님으로써, 파스O. Paz가 말한 "일상적 개념에서 시간은 미래를 지향하는 현재이지만, 숙명적으로 과거에 닻을 내리는 미래가 되기도 한다"(『활과 리라』)라는 정언을 남김없이 충족한다. 그만큼 시간의 원리를 구현해 가는 치열한 묘사와 섭렵을 통해 그는 지난 시간을 재구再構하고 나아가 존재론적 성찰의 목소리를 폭넓게 들려준다. 그렇게 이가은의 시조는 근원에 대한 지향을 암유暗喩하는 동시에 오랫동안 축적해 온 시인 자신의 시간을 우리에게 들려준다. 그 순간 남다른 깊이를 지니고 있는 시인만의 존재론적 표지標識가 우리에게 다가오면서 과거에 닻을 내리는 미래로서의 시간을 허락하는 것이다.

6. 더 깊은 서정적 차원의 개진을 위하여

이가은 시인은 2004년에 등단하여 시조집 『문자 메시지』(고요아침, 2013) 『가을과 겨울 사이』(알토란북스, 2020) 등을 펴내며 활발한 활동을 해왔다. 이번에 처음으로 펴내는 단시조집은 그의 세 번째 시조집이 되는 셈이다. 이번 단시조집에서 이가은 시인은 스스로의 경험적 비의秘義를 통한 서정적 체험을 지속적으로 노래한다. 그 순간적 경험은 오랜 기억에 머물면서 시인의 정서나 행위에 끊임없는 영향을 준다. 시인은 그러한 자신의 경험을 새롭게 변형하면서 그 안에 사물들을 창의적으로 배열해 간다. 이때 서정적 경험에 의해 배열되는 형상들은 언뜻 시인 자신을 투사投射하는 매개물처럼 보이기도 하고 언뜻 심미적 발견을 위해 새롭게 창안한 등가물로 보이기도 한다. 이렇게 사물을 향한 개입과 포착은 이가은 시조 미학에서 매우 중요한 작업인 것이다.

그동안 우리 문학사에서 시조가 차지하는 위상은 늘 외곽에 해당하는 것이었다. 또한 시조는 율독律讀을 통해서만 그 정형성을 느낄 수 있었으며 작품에 대한 평가는 시조의 양식적 요소보다는 시 일반론적 요소에 의존함으로써 정형 양식으로서의 독자성을 부분적으로 상실하기 도 하였다. 그래서 시조는 율격적 측면에서는 정형시에 속함으로써 정해진 형식적 제약을 감내해야 했고 한편으로는 서정 갈래에 속한다는 점에서 근대 자유시와 다를 바 없는 발상과 이미지로 자신만의 고유한 특장特長을 잃어버리게 되었다. 비록 이러한 이중 조건이 시조로 하여금 한 시대의 주류로서의 시효를 마감하게 한 요인으로 작용하였지만, 시조 양식의 위의威儀와 가능성은 오히려 우리 시대에 점증하고 있다고 우리는 말할 수 있을 것이다. 왜냐하면 우리 시대는 근대에 대한 근원적인 반성을 토대로 하여 우리가 잃어버린 원형에 대해 탐색하는 이른바 탈脫근대 혹은 반反근대의 열정이 두드러지고 있기 때문이다. 이러한 시대에 이가은 시조는 더욱 가독성과 시의성을 갖추고 있다고 할 수 있을 것이다.

이가은 시조는 이러한 복합적 과제에 직접적으로 부응할 수 있는 양식이 단시조임을 확연하게 증명해 준다. 그만큼 그의 단시조는 이러한 시사적 요청에 대하여 가장 선두에 선 구체적이고 적절한 응답이 아닐 수 없는데, 이는 그것이 짧은 형식의 정화精華를 통해 시인 특유의 감각과 사유의 첨예한 순간성을 보여줄 수 있기 때문이다. 물론 단시조는 삶의 전체성을 보여주거나 서사적 계기를 담아내는 데는 너무도 분명한 형식적 제약을 가지고 있다. 이가은의 단시조는 '충만한 현재형'을 통해 가장 긴장된 노래를 들려줌으로써 이러한 양식적 제약을 넘어서는 한편, 서정시의 정점으로서의 위상을 단호하고도 집중적으로 보여준다 할 것이다. 단시조집 발간을 축하드리면서, 특유의 "격조 높은 서정과 정형의 연금술"(권갑하)을 딛고 넘으면서 세상의 따뜻한 중심을 아름답게 채워가는 시조시인으로 우뚝하시길 기원한다. 그럼으로써 더 깊은 서정적 차원을 개진해 가기를 마음 깊이 희원해 마지않는다.

이가은

본명 이복순. 경북 경주 출생. 한국방송통신대학교 국어국문학과 졸업. 2004년 《월간문학》 신인작품상 당선 등단. 시조집 『문자 메시지』 『가을과 겨울 사이』. 한국여성시조문학상, 경기시조문학 대상 수상. 부천문화재단 문화예술발전기금 받음. 한국예술인복지재단 창작준비금 지원사업 선정. 한국문인협회 인성교육개발위원. 국제펜한국본부, 한국여성문학인회, 한국시조시인협회, 표암문학회 회원. 한국여성시조문학회 이사.

1094soon@hanmail.net

따뜻한 중심

—

초판 1쇄 2022년 9월 20일

지은이 이가은

펴낸이 김영재

펴낸곳 책만드는집

—

주소 서울 마포구 양화로3길 99, 4층(04022)

전화 02-3142-1585·6

팩스 336-8908

전자우편 chaekjip@naver.com

출판등록 1994년 1월 13일 제10-927호

—

ISBN 978-89-7944-812-2 (04810)

ISBN 978-89-7944-513-8 (세트)